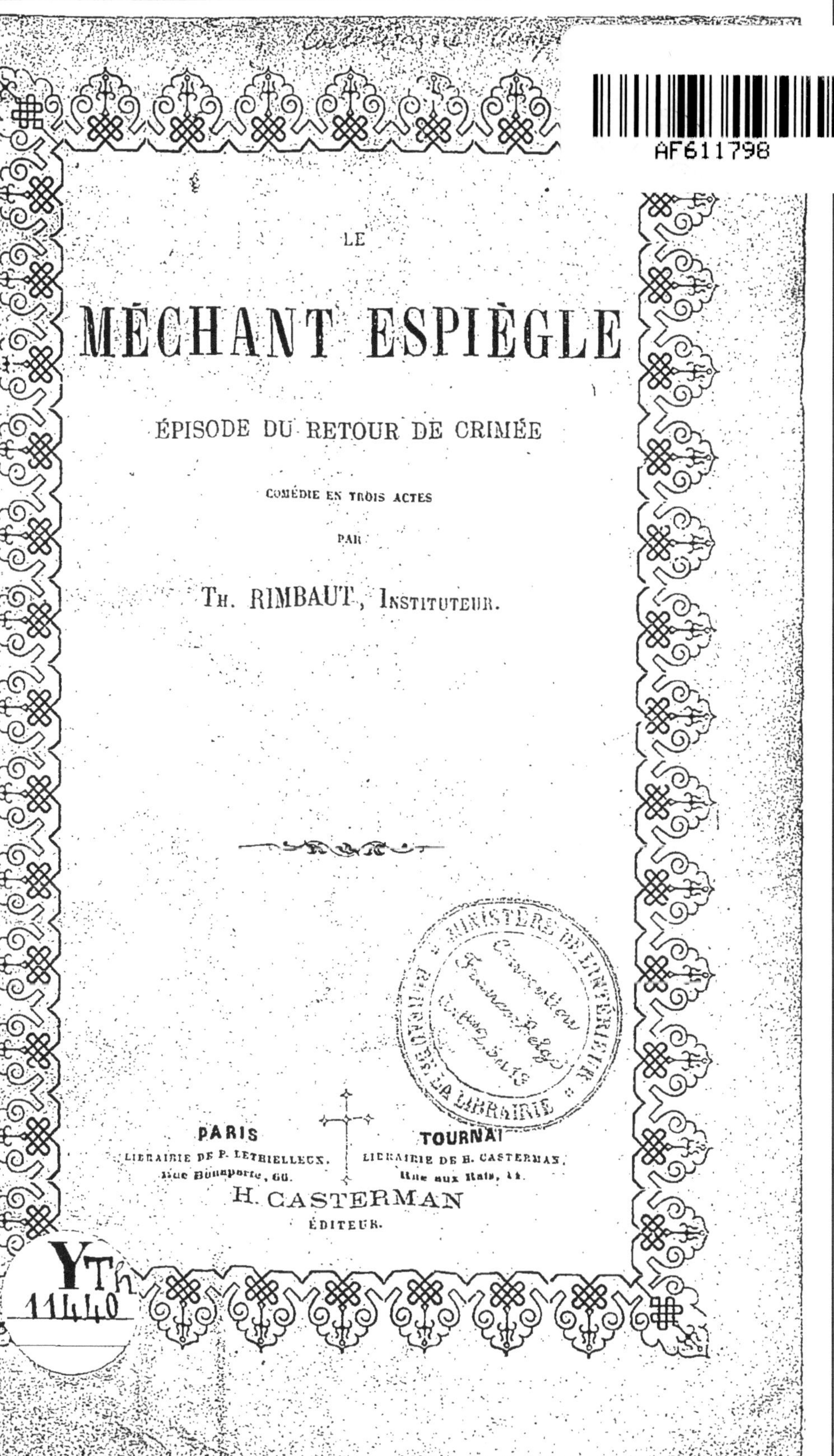

LE

MÉCHANT ESPIÈGLE

ÉPISODE DU RETOUR DE CRIMÉE

COMÉDIE EN TROIS ACTES

PAR

TH. RIMBAUT, INSTITUTEUR.

PARIS
LIBRAIRIE DE P. LETHIELLEUX,
Rue Bonaparte, 66.

TOURNAI
LIBRAIRIE DE H. CASTERMAN,
Rue aux Rats, 11.

H. CASTERMAN
ÉDITEUR.

LE

MÉCHANT ESPIÈGLE.

ŒUVRES DRAMATIQUES DE TH. RIMBAUT.

POUR LES JEUNES GENS.

AVEUGLE (l'), drame en 5 actes, en vers ; 12 personnages.

CHASSE (la) **AU SORCIER**, comédie en trois actes, en prose ; 12 pers.

DEUX PIGER (les), comédie en 3 actes, en vers ; 15 personnages.

ÉDUCATION (l') **AU VILLAGE**, comédie-vaudeville en 3 actes, en prose ; 8 personnages.

FERMIER (le) **COMMUNISTE**, comédie en 3 actes, en vers ; 10 pers.

ENFANT DÉSOBÉISSANT (l'), comédie en un acte, en prose ; 11 pers.

POLITESSE (la) **EN ACTION**, drame en 3 actes, en vers ; 11 pers.

UNE HEURE DE RÉCRÉATION AU PENSIONNAT, comédie en un acte, en prose, mêlée de chants ; 11 personnages.

COURONNE (la) **DE JOIE**, plaidoyer dramatique, suivie de **CANTATES** pour fêtes et distributions de prix.

LE MÉCHANT ESPIÈGLE, épisode du retour de Crimée, comédie en 3 actes, en prose ; 16 personnages.

POUR LES JEUNES PERSONNES.

ÉCOLE (l') **DE LA PIÉTÉ FILIALE**, drame en 3 actes, en vers ; 8 pers.

DEUX (les) **COURONNES**, drame en 2 actes, pour les jeunes demoiselles.

MENTEUSE (la), comédie-vaudeville en un acte, en prose ; 14 pers.

ÉDUCATION (l') **DES DEMOISELLES**, conversation ; 7 personnages ; suivie de **CANTATES** pour fêtes et distributions de prix.

PORTRAIT (le) **ET LA CARICATURE** ou **LES DEUX ÉDUCATIONS**, comédie-vaudeville en un acte, en vers libres ; 8 personnages.

ENFANTS (les) **DÉTROMPÉS A LEUR ENTRÉE DANS LE MONDE**, dialogue en vers, 6 personnages.

LES BAVARDES PUNIES ; petite comédie en 1 acte, en prose ; 10 pers.

DIALOGUES.

L'auteur prépare une série de dialogues pour initier le jeune âge aux premières notions des sciences ; chaque dialogue, écrit pour les garçons, pourra facilement servir d'exercices aux jeunes personnes par la simple substitution des noms. Voici les titres de quelques-uns :

1° **LA PETITE FOIRE.** Dialogue sur le système métrique.

2° **L'ANALYSE EN ACTION.** Dialogue sur l'analyse.

3° **A LAVER UN NÈGRE ON PERD SON SAVON.** — Proverbe sur la grammaire.

4° **LE NOUVEAU VALENTIN DUVAL.** Dialogue sur la géographie.

Tournai, typ. de H. Casterman.

LE

MÉCHANT ESPIÈGLE

ÉPISODE DU RETOUR DE CRIMÉE

COMÉDIE EN TROIS ACTES.

PAR

TH. RIMBAUT, INSTITUTEUR.

PARIS
LIBRAIRIE DE P. LETHIELLEUX,
RUE BONAPARTE, 66.

TOURNAI
LIBRAIRIE DE H. CASTERMAN,
RUE AUX RATS, 11.

H. CASTERMAN
ÉDITEUR.
1858

ANALYSE.

Le colonel Du Bosquet a deux fils de caractères diamétralement opposés : Rigobert est un méchant espiègle qui se laisse aller à mille actions propres à causer de la peine aux personnes qui vivent avec lui, tandis que Polyphile, par sa douceur et son amabilité, se fait aimer de tout le monde.

Rigobert s'est vu cloîtrer chez M. Angelo, maître de pension ; or, cet instituteur, pour maintenir la discipline dans son établissement, se voit obligé de ramener Rigobert à son père. Le jour où le maître et l'élève se présentent chez M. Du Bosquet, Polyphile, en récompense de sa belle conduite, donne à ses jeunes compagnons une récréation et un dîner gala : Rigobert tombe au milieu de la partie comme un vrai trouble-fête. A la même heure, un zouave aveugle, conduit par un jeune Russe amené de Sébastopol, se trouve chez le colonel Du Bosquet ; à la même heure aussi, un officier de santé russe, nommé Bonakof, qui lors de la bataille d'Inkerman a généreusement sauvé la vie au colonel Du Bosquet, descend chez lui, et déclare venir à Paris pour réclamer son fils que les Français y ont amené. Bonakof arrive à point nommé pour sauver la vie à Rigobert qui est près de se voir terriblement puni de sa méchanceté. Ce nouveau bienfait attache sincèrement Rigobert à son bienfaiteur, mais ne le corrige point; car un instant après, il commet de nouvelles petites cruautés. Le jeune Russe conducteur de l'aveugle en est la victime ; cet enfant est précipité par lui d'un arbre, et l'on croit qu'il a l'épaule cassée. Rigobert apprend que Constantin, l'enfant blessé, n'est autre que le fils de son sauveur; cette fois, son repentir et son ferme propos sont sincères, et il le prouve par des larmes abondantes. Cependant, Bonakof reconnaît que son fils, retrouvé d'abord avec une joie douloureuse, ne souffre que d'une contusion; dans son bonheur, il pardonne à Rigobert, mais M. Du Bosquet, se souvenant qu'il faut faire aux méchants une guerre continuelle, condamne Rigobert à servir de conducteur au zouave aveugle. L'enfant se soumet à l'épreuve, et le drame se termine par un gala général.

LE

MÉCHANT ESPIÈGLE.

PERSONNAGES.

RIGOBERT, méchant espiègle.

POLYPHILE, frère de Rigobert.

DU BOSQUET, colonel, père de Rigobert et de Polyphile.

ANGELO, chef d'institution.

VICTOR, ou SANS-NOM, dit Casse-Pipe, zouave aveugle.

BONAKOF, officier de santé, Russe.

CONSTANTIN, fils de Bonakof.

GRADOS, chirurgien comique.

JOSÉ, domestique de M. Du Bosquet.

ALPHONSE.
ALEXIS.
RAIMOND.
OMER.
EVARISTE.
FÉLIX.
GASTON.

} *Amis de Polyphile.*

La scène se passe dans le jardin d'une maison des Champs-Elysées, à Paris.

LE MÉCHANT ESPIÈGLE.

ACTE PREMIER.

SCÈNE PREMIÈRE.

Du Bosquet. Polyphile. José

DU BOSQUET.

José, mon fils aura sept compagnons à sa table de gala; vous veillerez à ce que les couverts soient placés de manière à donner bien de l'aisance aux enfants; et si la table fixe de la rotonde des tilleuls se trouve peu grande, vous en ajouterez une autre de la maison.

POLYPHILE.

Ah! cher père, que vous êtes bon!...

DU BOSQUET.

Mon fils, il faut bien que je te récompense pour le bonheur que tu me procures; tes maîtres, contents de toi, me comblent de joie par les bons témoignages qu'ils me donnent de ta conduite et de ton application! Cependant, n'en sois point orgueilleux! L'orgueil perd en un jour ce que la sagesse a conquis dans un an!... Sers-toi des faveurs que je t'accorde pour t'animer à mériter de nouvelles récompenses.

JOSÉ.

Monsieur, pardon de vous interrompre; combien faudra-il mettre de vin?

DU BOSQUET.

Un carafon pour quatre; ces enfants ont besoin de mettre de l'eau dans leur vin; vous leur en donnerez à discrétion, ainsi que du sucre et du sirop de groseille.

JOSÉ.

Et comment la table sera-t-elle servie?

DU BOSQUET.

J'ai fait passer chez le restaurateur et chez le pâtissier la carte de ce que je veux ; je sais que déjà les fournisseurs ont envoyé le tout ; vous trouverez les mets dans de vastes paniers à la cuisine.

JOSÉ.

Je veillerai à ce que tout soit rangé, et servi pour votre plus grande satisfaction, Monsieur. (*Il sort.*)

SCÈNE II.

M. Du Bosquet. Polyphile.

POLYPHILE.

Certainement, cher père, la fête que vous me permettez de donner à mes amis pénètre mon cœur de reconnaissance et d'amour, mais la joie que j'éprouve n'est point entière !...

M. DU BOSQUET.

Que peut-il y manquer ?

POLYPHILE.

Un convive sans lequel je ne saurais être parfaitement heureux.

M. DU BOSQUET.

Lequel ?

POLYPHILE.

Je n'ose vous le dire, de peur de vous affliger !... Cher père, Rigobert, mon frère bien-aimé n'est plus avec nous !...

M. DU BOSQUET.

J'aurais dû me douter que tu m'allais encore parler de ce méchant espiègle !.. Combien de fois ne t'a-t-il point fait pleurer par ses petites cruautés !... Combien n'a-t-il pas causé de chagrin à ta mère durant mon absence pour le siége de Sébastopol ! Et pourtant, Polyphile, tu plaides sa cause et tu parles pour lui !...

POLYPHILE.

Cher père, Rigobert n'est pas méchant ; il n'est qu'irréfléchi et espiègle : en un clin d'œil, il a commis une mauvaise action, mais ensuite il s'en repent amèrement !...

M. DU BOSQUET.

Il est trop tard de réfléchir quand le mal est commis ! C'est avant l'action qu'il faut le faire !... Pour qu'il apprenne à se contenir et à réprimer ses mauvais premiers mouvements, il restera pensionnaire et sévèrement cloitré ; qu'il n'espère pas même de me revoir ; je ne lui donnerai cette satisfaction que le jour où j'aurai la certitude de le voir corrigé.

POLYPHILE.

Vous êtes trop bon pour vous montrer si rigoureusement sévère, cher père, et votre bouche prononce des paroles que votre cœur désavoue.

M. DU BOSQUET.

Une juste sévérité n'exclut pas la tendresse; au contraire, les parents qui sont les plus justement sévères pour leurs enfants sont ceux qui les aiment le mieux et qui leur sont attachés par le plus saint amour!... Mais voici vos jeunes compagnons qui s'avancent; faites-leur les honneurs de la maison, promenez-les dans les jardins, amusez-les par divers jeux et surtout ne pensez plus qu'à vous bien récréer.

SCÈNE III.

Les mêmes. Alphonse. Alexis. Raimond. Omer. Evariste. Félix. Gaston.

TOUS LES ARRIVANTS.

Bonjour, messieurs Du Bosquet!

M. DU BOSQUET.

Bonjour, mes amis! vous êtes bien aimables d'être venus tous à l'invitation de Polyphile et d'arriver à l'heure précise!... Couvrez-vous. (*Les enfants se couvrent*).

ALPHONSE.

Monsieur, votre bonté et celle de Polyphile sont si grandes que quand vous causez du bonheur aux autres, il semble que ce soient les autres qui vous en procurent.

M. DU BOSQUET, *souriant.*

Allons, je vois que Polyphile a choisi des amis qui ne restent pas en arrière sur le chapitre de l'amabilité; je m'en réjouis.

OMER.

L'amitié gagne l'amitié, la bonté appelle la bonté, les prévenances attirent les prévenances.

GASTON, *riant.*

Et les joyeux festins ont une attraction irrésistible pour les joyeux convives.

RAIMOND, *se regardant avec complaisance.*

C'est au point que papa s'est trouvé tout émerveillé de me voir prêt en cinq minutes, lui qui se démène contre ma lenteur chaque fois que je fais ma toilette.

FÉLIX, *d'un air narquois.*

Il est vrai que tu es toujours frisé, papilloté, pommadé, ganté, corsé, chaussé comme une poupée !

RAIMOND.

Il faut faire honneur à ses amphitryons! pas vrai, M. Du Bosquet?

M. DU BOSQUET.

Vous avez tous de la raison comme des hommes, et vous parlez comme des académiciens !...

GASTON.

Oh ! mais, monsieur, nous sommes des enfants de Paris !... Nous sommes l'espérance de la capitale du monde civilisé et nous devons, vu ces titres de noblesse, soutenir notre réputation de charmants causeurs et d'aimables compagnons.

M. DU BOSQUET, *riant.*

A merveille !

OMER.

Oui, c'est à merveille, et je trouve que nous ne pouvons manquer de passer une journée délicieuse.

GASTON.

Superlativement délicieuse !...

EVARISTE, *lentement.*

Quand j'ouvre la bouche pour dire ce que je pense, j'arrive toujours trop tard; un autre a dit la chose aimable avant moi.

POLYPHILE.

Nous savons que tu as la volonté de dire tout ce qui peut montrer la bonté de ton cœur, cher Evariste, et cela satisfait toujours ceux qui sont de ta compagnie.

EVARISTE.

Je te remercie beaucoup, cher bon Polyphile.

POLYPHILE.

Si vous le trouvez agréable, nous ferons une promenade autour du parc, et nous causerons des différents jeux auxquels nous allons nous amuser en attendant le gala.

GASTON.

Par file à gauche! en avant, marche! le général a donné l'ordre du jour!...

ALPHONSE.

Je parierais bien que ce Gaston si drôle nous fera jouir à la prise de Sébastopol comme à l'hippodrome!

OMER.

Pourquoi pas? (*Durant les premières scènes, José va et vient, traversant le théâtre, et portant divers objets propres à garnir la table*).

SCÈNE IV.

M. Du Bosquet. Angelo. Rigobert.

M. DU BOSQUET.

Les voilà tous bien contents, bien disposés à se réjouir! Quel âge heureux! les plus grands malheurs ne font que l'attendrir un instant et s'évanouissent!... Les soucis leur sont inconnus! » L'amitié seule les anime ou les rend mélancoliques: comme mon Polyphile! Rien ne peut le consoler du départ de son frère, tout méchant espiègle que soit celui-ci. Mais que vois-je? le voici lui-même qui s'avance avec son maître Angelo. Qu'y a-t-il de nouveau? Serait-il malade?

RIGOBERT.

Bonjour, mon cher père! (*Il l'embrasse*).

ANGELO.

M. Du Bosquet, j'ai l'honneur de vous saluer.

M. DU BOSQUET.

Bonjour, Monsieur, bonjour, mon fils! vous me voyez étonné au plus haut point de votre arrivée! Dois-je m'en réjouir ou la déplorer?

ANGELO.

N'avez-vous pas reçu ma lettre?

M. DU BOSQUET.

Quelle lettre?

ANGELO.

Mais la lettre que je vous ai fait apporter hier par le zouave Victor sans nom, dit Casse-pipe.

M. DU BOSQUET.

Je n'ai vu ni la lettre, ni Casse-pipe !

ANGELO.

C'est étonnant ! cet homme m'avait dit qu'il venait faire une promenade aux Champs-Élysées, et m'avait bien promis de vous remettre de suite le message.

M. DU BOSQUET.

Je ne sais ce que vous voulez dire.

ANGELO.

Quoi qu'il en soit, monsieur, il faut que je vous explique maintenant le motif de ma visite inattendue. Bien loin d'avoir à me louer de votre fils Rigobert, j'ai mille raisons de m'en plaindre. Par ses mauvais procédés, il s'est tout d'abord aliéné la généralité de ses compagnons de classe ; aucune récréation ne s'est passée sans que j'en aie reçu des preuves ! C'est au point que les parents de mes autres élèves m'ont en foule adressé leurs plaintes qui n'étaient que les échos de celles de leurs fils ! Un de ces enfants à qui Rigobert a causé une peur terrible, en l'effrayant un soir, vêtu en revenant, est retourné chez lui le sang glacé, et menace d'en mourir ! Vous sentez, que malgré mon désir d'être utile à la société en corrigeant les défauts de la jeunesse, je ne puis compromettre la réputation de mon établissement.... Il faut sacrifier l'individu à la généralité; c'est pourquoi je vous ramène Rigobert....

M. DU BOSQUET, *avec tristesse.*

Ah ! M. Angelo, quelle peine vous me causez ! j'avais préféré votre établissement à cent autres parce que je connaissais votre juste sévérité tempérée par la douceur !... Je me reposais pour opérer la conversion de Rigobert sur votre savoir-faire et sur la connaissance que vous avez acquise des caractères des enfants ! vous êtes vraiment le médecin des jeunes cœurs !... Et cependant, vous jetez le manche après la cognée, vous déclarez incurable la maladie de l'ame de mon fils !...

RIGOBERT.

Ah ! cher papa, croyez-moi bien, je veux me corriger ! je ne commettrai plus de méchancetés envers personne ! Pardonnez-moi !

M. DU BOSQUET, *sèchement.*

Taisez-vous ! je ne puis vous croire !... Entrez dans le jardin pour y saluer votre frère et ses compagnons qui s'y trouvent !... J'ai à m'entretenir avec monsieur.

SCÈNE V.

M. Du Bosquet. Angelo.

M. Du Bosquet, *à José qui passe.*

José ! deux siéges.

José.

De suite, monsieur.

Angelo.

Mon cher M. Du Bosquet, vous vous trompez, si vous croyez que je considère le défaut de votre fils comme incurable. Je ne jette pas non plus le manche après la cognée, je cherche seulement un autre instrument pour fendre le bois, c'est-à-dire, un autre procédé pour guérir votre enfant de sa méchanceté.

M. Du Bosquet, *assis.*

Je vous écoute, monsieur.

Angelo, *assis.*

Rigobert fait le mal sans y réfléchir, moins par méchanceté que par étourderie; la preuve, c'est que je l'ai vu mille fois pâlir, pleurer, demander pardon quand il avait blessé quelqu'un de ses camarades. Malheureusement, il oublie vite; les impressions sont passagères sur son ame comme l'empreinte du pied sur le sable sec; il faudrait que sa méchante espièglerie reçût une leçon ineffaçable pour son ame! alors il apprendrait à ses dépens à réfléchir, et il acquerrait l'habitude de penser avant d'obéir à son premier mouvement.

M. Du Bosquet.

Mais, monsieur, qui vous empêche de donner à Rigobert une correction d'une sévérité capable d'opérer sur lui l'effet que vous indiquez ?...

Angelo.

C'est la raison, monsieur, qui me défend de faire ce que vous dites, et vous m'allez comprendre. Nulle impression n'est durable dans l'esprit, si elle ne passe par le cœur; votre fils a beau être puni pour avoir causé de légères blessures ou même une mortelle frayeur à ses compagnons; ces corrections ne feront sur lui aucune impression durable, parce qu'elles n'atteindront point son cœur.

M. Du Bosquet.

Comment cela ?

Angelo.

Un jeune garçon du caractère de Rigobert ne s'attache nullement à ses compagnons; il est susceptible d'aimer beaucoup, mais il faut un grand motif d'être aimé pour mériter son affection. Ses jeunes amis, loin de gagner son cœur, en sont éloignés chaque jour davantage ; mais c'est de la faute de Rigobert ; il les frappe, les pince, les effraie, les fait tomber, et, par vengeance, on le fait tomber, on l'effraie, on le pince, on le frappe, et tout cela n'est pas fait pour établir une amitié solide entre les commettants.

M. Du Bosquet.

C'est la vérité ; mais qui donc mon fils serait-il susceptible d'aimer ?

Angelo.

Son père, sa mère, son frère, une personne douée d'une douceur et d'une patience angélique, une personne qui vaincrait sa méchante espièglerie à force de bonté, ou une personne qui, par un bienfait subit comme de le sauver d'un incendie, d'une chute, d'une noyade, aurait acquis des droits sur son cœur en y produisant une impression aussi profonde que soudaine.

M. Du Bosquet.

Et vous dites qu'une telle personne pourrait corriger Rigobert ?

Angelo.

Oui, parce que l'amitié qui est toujours chaude et qui ne dort pas même pendant le sommeil, l'amitié serait comme un frein qui retiendrait chaque fois Rigobert sur le point de mal agir. Le sentiment de la méchanceté serait vaincu en lui par la chaleur de la tendresse ou de la reconnaissance.

M. Du Bosquet.

Je vous comprends ; mais venez, nous achèverons notre entretien dans les allées du parc ; j'entends les enfants s'avancer en jouant de ce côté, et nous ne devons aucunement nous gêner les uns les autres.

Angelo.

Je suis à votre disposition. (*On entend les enfants crier dans le bocage en s'approchant.*)

Alexis, *en dehors.*

A mon tour : houp-là.

Raimond, *en dehors.*

Oh ! quel gros dos ! Un, deux, houp !

Tous les enfants, *en dehors.*

Ah ! ah ! ah ! la culbute ! la culbute !... (*M. Du Bosquet et Angelo s'arrêtent un instant pour les considérer.*)

M. Du Bosquet.

Quel âge heureux! il passe ses jours sans soucis, et nous laisse le soin de nous tourmenter pour lui mille fois en un jour.

SCÈNE VI.

Alphonse. Alexis. Raimond. Omer. Evariste. Félix. Gaston. Polyphile et Rigobert. Ils arrivent sur la scène en s'exerçant au saut de mouton. Rigobert pose ; mais au moment où Omer saute par-dessus, le méchant espiègle se lève, et lui fait faire la culbute.

Omer.

Ouf! je me suis fait mal au côté! Rigobert, vous êtes un méchant! Je ne joue plus avec vous!

Rigobert.

J'ai cru que vous étiez passé, et je me levais pour voir qui venait après vous.

Omer.

Mensonge, monsieur, mensonge! Et si nous n'étions pas dans la maison de monsieur votre père, où nous sommes bien reçus indépendamment de vous, vous sauriez à qui vous avez à faire. Mais nous sommes des enfants de Paris, voyez-vous, et nous savons ce que nous devons à l'hospitalité.

Evariste, *s'essuyant.*

Je ne suis pas fâché qu'on s'arrête, je suis essoufflé. C'est un jeu très-fatigant.

Raimond.

Et puis, c'est un jeu où l'on se chiffonne singulièrement! Il ne paraît presque plus que le fer a passé dans mes cheveux!

Gaston, *ironiquement.*

Quel dommage!

Polyphile.

Mon cher Rigobert, tâche au moins, par politesse, de réprimer tes méchantes farces envers ces messieurs que notre cher père a invités.

Rigobert.

C'est pure histoire de rire!... Je ne veux faire de mal à personne.

Raimond, *s'asseyant le dos tourné vers la coulisse.*

Je propose la main chaude.... Qui met sa tête?

ALPHONSE.

Moi. (*Il se met en position la main sur le dos, on le frappe plusieurs fois sans qu'il puisse deviner juste; enfin, Rigobert le pince très-fort*). Aïe! Cela m'a fait bien mal.... C'est Rigobert!

RIGOBERT.

Est-il adroit de deviner si vite!... (*Il se met en position, Polyphile le pince*). Aïe! C'est Evariste.

EVARISTE.

Non! (*Il le pince.*)

RIGOBERT.

Aïe! c'est Gaston!

GASTON.

Non! (*Il le pince*).

RIGOBERT.

Aïe! Aïe! C'est Omer, cette fois!

OMER.

Non, c'est Gaston. (*Il le pince.*)

RIGOBERT, *en colère.*

Aïe! Aïe! Aïe! C'est plus fort en plus fort! Vous allez donc tous me pincer.

TOUS *chantant sur l'air du tra.*

Il faut autant qu'on peut obliger tout le monde.
Du mal plus que du bien la semence est féconde.
Si vous faites du bien, chacun vous en fera;
Si vous faites du mal, chacun vous en rendra.

RIGOBERT, *en colère.*

Voulez-vous vous taire, tas de gamins! A ce prix-là, j'abandonne la partie!

GASTON.

Voici des chaises, faisons au plus longtemps le mort devenu raide; cela vous va-t-il?

TOUS.

Oui! Oui!

GASTON.

Qui commence?

RIGOBERT.

Commencez. (*Gaston se pose la tête sur une chaise, les pieds l'un sur l'autre, raide comme une planche, les bras croisés et le nez en haut.*)

GASTON.

Messieurs, si vous voulez m'assurer que vous n'irez pas entamer le gala d'ici avant que je ne sois fatigué, je vous ferai jeûner jusqu'au soir.

ALEXIS.

Voilà-t-il un rigolo.

FÉLIX.

Les plus attrapés ne seraient pas ceux que vous croyez bien !.. Essayez un peu cinq minutes !...

RIGOBERT, *tirant la chaise du côté de la tête.*

Ah ! Ah ! Ah !

GASTON.

Ouf !... Mais c'est qu'il m'a fait mal le vilain méchant ! J'en aurai une bosse à la tête, bien sûr !

OMER.

Ah ! Rigobert, tu me payeras ta méchanceté (*Il le saisit, Rigobert lutte, s'échappe et fuit ; Gaston retient Omer.*

GASTON.

Laissez-le ; cela n'est pas trop sensible sur de la terre ! Et puis, ne disais-tu pas toi-même que nous sommes chez un hôte aimable, et que ce serait une ingratitude de troubler son bonheur ?

OMER.

Tu as peut-être raison, mais je suis vif, moi, et je suis encore plus irrité pour le mal qu'on fait à mes amis que pour les méchancetés causées à moi-même.

GASTON.

Je te dis que ce n'est rien !... La douleur m'avait fait d'abord pousser une plainte, mais à présent, je ne sens plus rien.

OMER.

Soit, mais je voudrais bien lui apprendre à vivre !..

POLYPHILE.

Messieurs, vous me voyez peiné de ce qui arrive ; je voudrais pour tout au monde que cela ne fût pas survenu !... Mais, je vous en prie, n'en parlons plus. Que papa n'en sache rien ! il n'a déjà que trop de peine à cause de Rigobert.

OMER.

Cher Polyphile, je me rends à vos raisons, mais ce n'est point de bon cœur.

FÉLIX.

Eh bien! maintenant que le voilà dehors, continuons la partie!...

GASTON.

Je n'ai plus envie du tout de faire le mort. Si je l'étais devenu pour tout de bon!...

FÉLIX.

Tu serais ressuscité pour nous faire rire. (*On entend soudain la voix d'un grand chien de Terre-neuve.*)

UN GARÇON BOUCHER, *en dehors.*

Mordez! gaillard, mordez!...

RIGOBERT, *poussant en dehors des cris de terreur.*

Aïe! Au secours! Mon Dieu! Mon père, mon père!...

POLYPHILE.

O mon Dieu! quel malheur!... Courons!...

SCÈNE VII.

M. Du Bosquet. Bonakof. Rigobert.

M. DU BOSQUET.

J'ai entendu Rigobert crier au secours! Que lui serait-il arrivé? Mon Dieu! si c'était une leçon sévère infligée par la Providence à la méchanceté de mon fils, je la bénirais de sa sévérité.

BONAKOF, *avec émotion et difficulté.*

Je suis arrifé dans un moment précis pour saufer la fie à cette petite!... Bonjour, mon cher Monsieur Du Bosquet!

M. DU BOSQUET.

Eh quoi! c'est vous que je revois, mon cher monsieur Bonakof! Quel bonheur!.. Quelle surprise agréable et quel coup de Providence!... (*Ils s'embrassent*). Mes enfants, embrassez ce cher M. Bonakof, sans lui vous n'auriez plus de père! Embrassez-le deux fois, vous, mon malheureux Rigobert! sans lui, je n'aurais plus qu'un fils à chérir!..

BONAKOF.

Ah! ce sont toutes les deux fos fils!... Que che suis heureux d'avoir saufé celui-ci! (*Il montre Rigobert*). Une garçon boucher qui passait avec un grand chien Terre-neuve lançait son animal sur lui, et la méchante bête, en le poursuifant, avait posé ses pattes sur ses bras, et de son gueule, elle allait lui broyer le cou, quand je suis arrifé!... Foyez! le collet et la crafatte sont déjà déchirés! Mais en deux tours de poignet, le gros Terre-neuve, il est resté tranquille, safez-vous!...

M. Du Bosquet.

Mon cœur est pénétré de la plus vive reconnaissance pour ce nouveau bienfait!....

Rigobert.

Je ne l'oublierai jamais de ma vie!... Quoi! c'est vous qui avez sauvé la vie à mon père lorsqu'il fut enveloppé à la bataille d'Inkerman et que les Russes voulaient passer sur lui leur colère en le mettant à mort!... O je n'ai qu'un cœur, mais je vous aimerai deux fois puisque je vous dois le bonheur!... (*Il baise les mains de Bonakof, celui-ci le prend dans ses bras et le sert avec tendresse.*)

Polyphile.

Monsieur, vous ne m'avez pas sauvé la vie, mais c'est la même chose; je serais mort de douleur, si la nouvelle du décès de mon père nous fût arrivée!

Bonakof.

Ah! mon cher M. Du Bosquet!... Combien fous êtes heureux d'avoir d'eux fils! Moi, j'en avais un qui était gentil tout plein, chen suis prifé!..

M. Du Bosquet.

Comment cela?...

Bonakof.

Lorsque les alliés entrèrent dans Sébastopol, j'étais à soigner des blessés; la débacle arrifa sans qu'on s'y attendit, et mon fils, qui était seul avec son mère, s'étant égaré dans sa fuite, fut enlefé avec les prisonniers; il a été amené en France, et c'est le motif qui m'amène à Paris; j'ai cru vous causer du plaisir en descendant chez fous sans me faire annoncer...

M. Du Bosquet.

Ah! C'est plus que l'hospitalité que je voudrais vous donner! Vous m'avez sauvé deux fois, je voudrais vous donner deux fois la vie et le bonheur. Ah! je suis sûr que la Providence vous fera retrouver votre fils sur-le-champ. Vous méritez mille fois d'être heureux!... Entrez, M. Bonakof, je vous en prie. Je sais qu'il y a chez les zouaves un jeune russe qu'on doit rendre à son père; c'est peut-être le vôtre.

FIN DU PREMIER ACTE.

DEUXIÈME ACTE.

SCÈNE PREMIÈRE.

Bonakof. José. M. Du Bosquet.

M. Du Bosquet, *à José.*

Les chevaux sont à la voiture, vous conduirez M. Bonakof au débarcadère ; vous veillerez à ce que toutes ses malles lui soient remises en bon état, et vous prendrez le plus grand soin pour ramener le tout ici le plus rapidement et le plus délicatement possible : vous conduirez monsieur partout où il voudra, comme s'il était votre maître et encore mieux ; si je n'étais pas seul en ce moment, je prendrais le soin d'exécuter moi-même ce que je vous ordonne.

José.

Monsieur, vous pouvez compter sur moi.

Bonakof.

Je ne sais comment fous remercier de fôtre oblichance, mon cher M. Du Bosquet.

M. Du Bosquet.

Quand je vous montrerais un million de fois plus d'amitié, monsieur, je serais encore en dette avec vous ! à moins qu'il ne m'arrive de vous sauver la vie à vous et à votre cher fils.

Bonakof.

Au moins fous me ferez retroufer mon enfant, et fous m'aurez causé non moins de bonheur ! A tantôt. (*Il lui presse la main.*)

M. Du Bosquet.

Ah ! Combien je voudrais lui être utile ! Je donnerais je ne sais quel trésor pour lui causer autant de bonheur qu'il m'en a donné à moi-même !...

SCÈNE II.

M. Du Bosquet. Polyphile, en tablier blanc.

POLYPHILE.

Papa, pour ne pas déranger la cuisinière, c'est moi qui vais servir le gala de mes jeunes compagnons ; le trouvez-vous mauvais ?...

M. DU BOSQUET.

Pas le moins du monde, mon fils, amusez-vous innocemment et sans vous quereller, c'est tout ce que je vous demande. Mais que fait Rigobert ?

POLYPHILE.

Il pleure amèrement de n'être pas sorti en compagnie de M. Bonakof.

M. DU BOSQUET.

Il s'est pris subitement d'une étonnante amitié pour ce bon M.Bonakof !... Je n'aurais pas cru qu'il fût capable, avec sa méchante espièglerie, d'aimer d'une amitié si vive !...

POLYPHILE.

Comment ne serions-nous pas attachés du fond du cœur à ce digne homme ? Sans lui nous serions orphelins ?...

M. DU BOSQUET.

Et sans lui, je ne sais ce que serait maintenant Rigobert ! Mordu, blessé, étranglé, mort ! qui sait !...

POLYPHILE.

C'est une double raison pour Rigobert d'aimer son sauveur !.. Mais je vous assure, cher père, qu'il le chérit autant qu'on puisse aimer !... La douleur qu'il éprouve d'en être séparé seulement une heure le fait fondre en larmes !... Voulez-vous que j'aille lui dire de revenir au jardin s'amuser avec nous ? La leçon du chien lui sera profitable, et je suis persuadé que vous n'aurez plus à vous en plaindre.

M. DU BOSQUET.

Il n'est pas digne de ce que vous faites pour lui !...

POLYPHILE.

A l'avenir, il le sera !... je vais l'appeler.

M. DU BOSQUET.

Non !

POLYPHILE.

Oui, oui !

M. DU BOSQUET.

Je ne veux pas.

POLYPHILE.

C'est votre tête qui ne veut pas, mais votre cœur veut bien !

M. DU BOSQUET.

N'est-ce pas la tête qui est le chef ?

POLYPHILE.

Oui, mais le cœur agit sans prendre conseil quand il veut être bon !...

M. DU BOSQUET.

Allons ! Va-t'en et fais ce que tu voudras.

POLYPHILE.

Merci, cher père.

SCÈNE III.

M. Du Bosquet. Sans-Nom. Constantin.

Les enfants font commettre à leurs parents une foule de sottises... Hé ! tiens, voici un zouave... Il paraît aveugle... ou du moins voir très-peu !... Bonjour, mon ami !...

SANS-NOM.

Très-humble serviteur... (*A part*) de la patrie ! (*Haut*) Monsieur, je voudrais parler à M. Du Bosquet ; faites-moi le plaisir de m'indiquer le moyen de lui glisser deux mots, s'il vous plaît.

M. DU BOSQUET.

C'est moi-même qui suis le colonel Du Bosquet.

SANS-NOM, *faisant le salut militaire.*

Pardon, mon colonel !... Vous voyez que j'ai les deux étincelles de la pipe prêtes à s'éteindre, c'est pourquoi j'ai pu ne pas vous avoir d'abord rendu les honneurs.

M. DU BOSQUET.

Y a-t-il longtemps, mon brave, que vous êtes atteint de cette infirmité ?

SANS-NOM.

Depuis la prise de Sébastopol, un peu après!.. Vous étiez aussi mon colonel à cette journée glorieuse... Avons-nous cassé des pipes!... Avons-nous carabiné des estomacs!... Avons-nous fait des merveilles!... On peut perdre les yeux après un pareil jour : on s'en est servi pour contempler la victoire et compter les lauriers...

M. DU BOSQUET.

Et comment ce malheur t'est-il arrivé?

SANS-NOM.

C'était quelques minutes après le fameux coup de midi du huit septembre. J'étais au nombre des lapins qui furent lancés par le général Mac-Mahon contre la face gauche de Malakof. Nos trois bataillons d'assaut franchissent le fossé ennemi, bondissant comme des tigres, et les voilà cassant des pipes aux ennemis dans l'intérieur de l'ouvrage. Le colonel Collineau qui nous conduit reçoit un coup de feu qui lui endommage la pipe; il se remet, et de nouveau s'élance l'épée au vent! On se prend corps à corps!... Nos clarinettes de cinq pieds s'enfoncent dans les entrailles russes qui se laissent abattre à leurs postes comme des pipes françaises!... Les crosses, les leviers, les écouvillons, tout leur devient des armes. Je reçois un coup sur la pipe, et plus furieux que jamais après cette chiquenaude, je fais autour de moi une montagne de pipes cassées!... Je me lance une seconde fois, et je vois le drapeau glorieux des zouaves flottant sur Malakof où il a été planté par le caporal Lihaut, un brave enfant de Paris!... Oh! mais je n'en finis pas, quand je parle de la gloire!... Pardon, colonel! C'était pour vous dire que la crosse du fusil, qui avait failli me casser la pipe, m'a depuis lors causé des douleurs de tête violentes, et que plus tard cela s'est traduit en des maux d'yeux qui menacent de me rendre aveugle.

M. DU BOSQUET.

Il n'en sera pas ainsi; vous êtes jeune, vous avez le sang vigoureux; l'humeur qui vous affecte la vue se dissoudra vite, et vous reprendrez les armes.

SANS-NOM.

Avec d'autant plus de plaisir, que ma conduite à la prise de Sébastopol m'a valu le grade de lieutenant!... J'ai maintenant une petite chambre solitaire à moi, où je vis heureux de ma gloire passée et fier de raconter mes exploits à tous les Parisiens! A propos, j'oubliais que l'un de mes voisins, monsieur Angelo, chef de pension, m'a hier remis une lettre que je devais vous apporter dans ma promenade aux Champs-Elysées, mais qui est restée dans ma poche, par la raison que j'ai rencontré sur ma route une foule de gens à qui ça faisait plaisir d'apprendre comment le général Mac-Mahon avait planté son épée, au milieu du feu des bombes et des boulets sur la tour Malakof!...

Du Bosquet, *prenant la lettre que lui présente le zouave.*

J'ai vu monsieur Angelo, ce matin-même; il a été très-étonné de savoir que je n'eusse pas reçu sa lettre, mais moi je n'en suis pas surpris.

Sans-Nom.

Il avait le droit de se plaindre; il voulait envoyer la lettre par le facteur du quartier, mais moi, sachant qu'il s'agissait d'un brave colonel du 11me, j'ai voulu m'en charger avec promesse de l'expédier promptement, mais voilà!... J'oublierais mes yeux pour raconter la prise de Sébastopol!

M. Du Bosquet.

Vous allez entrer chez moi, nous dînerons ensemble et vous parlerez de Malakof, de Sébastopol, de la gloire et des pipes cassées tant que vous voudrez!... J'ai d'ailleurs des renseignements à prendre auprès de vous concernant les zouaves et les Russes.

Sans-Nom.

Bien de l'honneur, mon colonel! Mais le jeune conducteur de l'aveugle?

M. Du Bosquet.

J'ai son affaire! Mes enfants ont un dîner gala sous les arbres du jardin où ils s'amusent avec leurs camarades, votre jeune conducteur dînera près d'eux.

Sans-Nom.

Merci, monsieur! votre bonté pour lui me cause un sensible plaisir!...

M. Du Bosquet, *appelant.*

Polyphile, tous, venez par ici!..

SCÈNE IV.

M. Du Bosquet, Sans-Nom, les enfants.

Polyphile.

Nous voilà, mon cher papa.

M. DU BOSQUET.

Mes chers amis, je vous donne un compagnon de plus pour vous amuser; c'est le conducteur d'un zouave aveugle, c'est l'appui d'un défenseur de la patrie, vous vous comporterez gentiment à son égard.

OMER.

Monsieur, nous nous conduirons avec lui comme avec le meilleur des compagnons.

SANS-NOM.

Constantin, je n'ai pas besoin de te recommander d'être bon, tu l'es toujours; mais ne te piques pas pour peu de chose! Je sais que tu es prompt à prendre la mouche.

CONSTANTIN.

Je ne ferai jamais de mal le premier, mais je ne me laisserai jamais molester sans répliquer! Si tous les Russes m'avaient ressemblé, Sébastopol ne serait pas détruite.

M. DU BOSQUET, *prenant le bras de l'aveugle.*

Allons, entrons au logis, c'en est assez! Il paraît que votre jeune homme a le caractère tranché?

SCÈNE V.

Constantin. Les enfants; *faisant cercle autour de Constantin.*

GASTON.

Comment t'appelles-tu, jeune camarade? Il faut que nous sachions comment on te nomme pour faire la partie ensemble.

CONSTANTIN.

Comme le Grand-Duc.

GASTON.

De Toscane?

CONSTANTIN.

Non pas! non pas! le grand-duc Constantin, frère de l'empereur de Russie Alexandre II, successeur de Nicolas.

FÉLIX.

Est-ce que tu tiendrais pour les Russes, toi, par hasard? Il paraît que tu en as plein la bouche!

CONSTANTIN.

Ne tiens-tu pas pour les Français, toi ?

FÉLIX.

Certainement.

CONSTANTIN.

Hé bien ! je suis Russe et je tiens pour les Russes !

RAIMOND.

Comment te trouves-tu conducteur d'un aveugle à Paris?

CONSTANTIN.

Parce que les Français m'ont emmené de Sébastopol avec eux !

RIGOBERT.

Tu étais donc à Sébastopol aussi, toi?

CONSTANTIN.

Certainement ! et comme j'avais quitté ma mère un instant pour lancer des pierres aux Français, je ne la retrouvai plus dans la bagarre, et je fus fait prisonnier avec une foule d'autres !

ALPHONSE.

Et ta mère ?

CONSTANTIN.

J'espère que Dieu l'aura prise sous sa protection, mais je ne sais où elle est, après qu'elle ne meurt pas de chagrin de m'avoir perdu !... Cependant, il n'y a rien à craindre; je suis extrêmement bien traité chez les Parisiens et je serai rendu à mes parents le plus tôt possible !...

RAIMOND.

Qui prend soin de votre toilette ? Vous voilà vêtu comme un petit officier !

CONSTANTIN.

C'est Casse-pipes.

RAIMOND.

Casse-pipes ! Qu'est-ce que cela, Casse-pipes?...

CONSTANTIN.

C'est l'aveugle Sans-Nom, surnommé Casse-pipes, que je viens d'amener en ce lieu ; Casse-pipes signifie Casse-têtes. Oh ! c'est qu'il sait en casser des pipes !... Il vous fait avec son fusil armé de la baïonnette un moulinet plus rapide qu'un tourbillon ! En quatre coups, il abat quatre hommes, les démolit, lès broie, les écrase !... Rien qu'à le voir jouer pour rire, on est plein d'effroi !... Depuis que son mal d'yeux lui a pris, il ne me donne plus la leçon; mais auparavant, il me montrait l'escrime, et je faisais des progrès rapides.

RIGOBERT.

Montrez un peu comment il s'y prenait.

CONSTANTIN.

Si j'avais un bâton bien gros !

POLYPHILE.

En voici... Mais ne nous tue pas quatre en un tour de main.

CONSTANTIN.

Si j'en touche un seul, qu'on me frappe mille fois plus fort. (*A Rigobert*). Tiens, pose-toi là ! (*A Polyphile.*) Toi, là! (*A Gaston*) ! Toi-là! (*A Alphonse.*)Toi, derrière ! Baïonnette à la hauteur de l'œil, deux pas en avant; retomber d'aplomb sur le pied gauche, le pied droit perpendiculaire à cinq centimètres du talon, changer l'arme pour frapper à gauche, la changer encore pour frapper derrière, et la changer enfin pour frapper à droite, en retombant toujours de pied ferme au moment où la baïonnette est lancée d'une main pour retomber dans l'autre jusqu'à la fin. (*Il touche les quatre enfants tour à tour, mais sans les blesser.*)

TOUS LES ENFANTS.

Bravo ! bravo !

RIGOBERT.

Pas fameux ! j'en ferais bien autant !

CONSTANTIN.

Va !... (*Il lui donne le bâton et prend sa place*).

RIGOBERT.

Deux pas en avant, deux pas en arrière, tourner sur les talons, enfiler les Russes comme des limaçons ! Voilà ! (*Il frappe Constantin très-fort.*)

CONSTANTIN, *saisissant l'arme.*

Il paraît qu'au lieu de jouer pour rire, vous frappez méchamment ! J'en ferai bien autant à mon tour !... (*Il exécute un moulinet rapide et donne des coups sur les doigts à Rigobert.*)

RIGOBERT.

Aïe ! Aïe ! Aïe ! tranquille ! vilain Russe, mangeur de stocfich !... Vas-tu finir !...

CONSTANTIN.

Oui, je vais finir, car je ne suis pas méchant et je n'ai voulu que vous donner une leçon : tout Parisien que vous êtes, un Russe peut vous apprendre à vivre !...

RIGOBERT, *à part.*

Oh ! je me vengerai !...

GASTON.

Jouons à la prise de Sébastopol !...

OMER.

C'est cela !...

ALEXIS.

Je serai le général Pélissier.

GASTON.

Moi, le caporal Lihaut et je planterai le drapeau.

FÉLIX.

Moi, tout ce que vous voudrez !

RIGOBERT.

Que fera-t-on de Constantin ?

GASTON.

Une armée russe !...

CONSTANTIN.

Je serai tout à la fois, général, colonel, caporal, soldat, commandant et agissant.

EVARISTE.

Donnez-moi votre tablier, Polyphile, je serai la vivandière.

POLYPHILE, *cédant son tablier.*

Voilà ! mais qu'allons-nous assiéger ?...

CONSTANTIN.

Je monterai sur un arbre qui représentera la tour de Malakof; quand j'y sérai bien établi, vous monterez à l'assaut; mais avec cette canne je vous exécuterai des passes, des pointes, des moulinets qui vous éblouiront et qui rendront ma forteresse inexpugnable.

TOUS LES ENFANTS.

Bravo ! bravo !

CONSTANTIN.

Un seul Russe contre neuf Français !...

POLYPHILE.

Ce sera votre revanche, mon ami !...

RIGOBERT, *à part.*

Et c'est là que j'aurai la mienne.

OMER.

Courons chercher un arbre favorable !

TOUS.

Partons ! (*Ils chantent*).

AIR : *Partant pour la Syrie.*

Partant pour la Crimée,
Le courageux Français
Disait, l'ame charmée,
Nous volons au succès ;
Devant nous la victoire
Dirigera son vol,
A nous l'honneur ! la gloire ! } *bis.*
A nous Sébastopol ! }

A tout l'or de la terre
Le Français né guerrier,
Dans son ame préfère
Un glorieux laurier.
Il fait dire à l'histoire
Qu'il déteste le dol ;
A nous l'honneur ! la gloire ! } *bis.*
A nous Sébastopol ! }

L'attentat de Sinope,
Cet affreux guet-apens,
Fait courir en Europe
De longs frémissements.
Volons à la mer Noire.
Prenons le traître au col :
A nous l'honneur ! la gloire ! } *bis.*
A nous Sébastopol ! }

Orgueilleuse Crimée,
Orgueilleux Menschikof,
Voici la France armée,
Malheur à Malakof!
Sa force est illusoire
Et son espoir est fol.
A nous l'honneur! la gloire! } *bis.*
A nous Sébastopol! }

SCÈNE VI.

M. Du Bosquet. Casse-Pipes, *se promenant.*

M. DU BOSQUET.

Que dites-vous donc, mon ami! Comment?... Le petit Constantin n'est pas votre fils, il n'est pas même français! C'est un jeune Russe que vous avez amené avec vous de Sébastopol?

CASSE-PIPES.

Oui, mon colonel; voici comment la chose est arrivée. Nous avions chassé devant nous, ainsi que j'ai eu l'honneur de vous le dire, nous avions chassé devant nous les Russes, donc le nombre était considérablement diminué, vu notre furie, et nous pénétrions dans la ville qui se réveillait comme épouvantée d'un sommeil pénible; car elle avait cru pouvoir dormir en paix derrière ses murs qu'on disait imprenables. Tout-à-coup, voilà qu'un jeune moutard russe auquel nous ne prenions pas attention, se trouve à une fenêtre d'où il nous lance des pierres et tout ce qui lui tombe sous la main : il paraît que sa mère l'avait voulu d'abord entraîner dans sa fuite, mais que l'enfant, soit mauvaise volonté, soit qu'il se fût égaré, demeurait en arrière et nous donnait des preuves de son courage et de son patriotisme.

M. DU BOSQUET.

Et c'est le petit jeune homme qui vous conduit?...

CASSE-PIPES.

Lui-même!... Ah! nom d'un petit bon homme, quelle branche! Un cœur français dans une poitrine russe! un gaillard dont je ferais quelque chose si je pouvais le conserver; mais au beau premier jour, on va me l'enlever!

M. DU BOSQUET.

Ah! si c'était précisément le fils de mon sauveur!... Quelle surprise agréable pour lui. (*On entend un grand cri dans le jardin*).

CONSTANTIN, *en dehors.*

Grand Dieu !...

TOUS LES ENFANTS, *en dehors.*

Au secours ! Au secours !...

CASSE-PIPES.

Mon Dieu ! c'est la voix de Constantin !... Que lui arrive-t-il ?...

M. DU BOSQUET.

Restez, mon ami, je cours et je reviens.

SCÈNE VII.

Casse-Pipes, *seul.*

CASSE-PIPES.

Quel malheur d'être aveugle et de ne pouvoir voler au secours de mon cher Constantin ! Pauvre cher enfant, que lui est-il arrivé ?... Il est vif comme la poudre ! C'est un oiseau qui vole de branche en branche ! Peut-être est-il tombé d'un arbre où il aura voulu grimper !... Oh ! c'est un singe pour le gymnase !... Que lui est-il survenu, mon Dieu ? que lui est-il survenu ?... J'aimerais mieux qu'il m'arrivât malheur à moi-même qu'à lui !... C'est que je tiens à me montrer vigilant envers lui, comme j'aimerais qu'on le fût envers moi si j'étais prisonnier chez les Russes !... Oh ! je les entends !... je vais tout savoir !

SCÈNE VIII.

M. Du Bosquet. Casse-Pipes. Les enfants.

CASSE-PIPES.

Eh bien ! mon colonel, qu'y a-t-il ?

M. DU BOSQUET, *aidé d'Omer, rapporte dans un fauteuil Constantin évanoui.*

L'enfant est tombé d'un arbre ; il est évanoui pour le moment ; mais Polyphile est allé nous chercher de l'eau de Cologne pour lui frotter les tempes et les narines. Le voici !..

CASSE-PIPES.

Qu'y a-t-il à craindre ?

M. DU BOSQUET.

L'enfant est tombé sur le côté gauche et il s'est cogné l'épaule sur une pierre anguleuse qui se trouvait au pied de l'arbre.

CASSE-PIPES.

Il est donc tombé d'un arbre!... C'est ce que je redoutais!...

ALPHONSE.

On se préparait à jouer à l'assaut de Malakof!.. Constantin était au haut de l'échelle et il allait s'établir sur l'arbre pour nous empêcher de le prendre d'assaut; tout à coup, Rigobert fait faire un demi-tour à l'échelle, et Constantin tombe à la renverse!...

ALEXIS.

Monsieur Du Bosquet, votre fils Rigobert ne fait que des méchancetés!..

M. DU BOSQUET.

L'enfant revient à lui!... Le voici qui sort de l'évanouissement.. Rigobert est un monstre!...

CONSTANTIN.

Où suis-je!... Ouf!... Vous me faites mal à l'épaule!...

M. DU BOSQUET, *visitant l'épaule blessée*).

Sois tranquille, mon enfant! nous aurons soin de toi!... Saurais-tu faire mouvoir ton bras gauche?...

CONSTANTIN, *essayant.*

Oh! que cela me fait mal!... Je ne puis le mouvoir davantage!.. c'est ici tout en haut à l'épaule que je sens la douleur!...

CASSE-PIPES.

Ah! si j'avais de bons yeux pour courir chercher un docteur chirurgien!

RAIMOND.

J'y cours; il y en a un ici près : le docteur Grados!...

GASTON.

C'est un charlatan qui ne sait rien faire, un blagueur, un faiseur d'embarras!

M. Du Bosquet.

C'est égal, qu'on l'appelle !... (*Raymond sort.*) Ah! Rigobert, combien tu me donnes de soucis cruels!... Un instant après m'avoir promis de n'être plus méchant, tu veux tuer tes camarades !...

Rigobert.

Je ne croyais pas lui faire autant de mal!

M. Du Bosquet.

Malheureux! ton imprudence et ta méchanceté l'ont failli tuer!... M. Bonakof va rentrer, il recevra une nouvelle preuve de ta méchanceté !... Et le coup qu'il en recevra lui sera infiniment sensible : je crois que tu as blessé son fils !...

Rigobert.

Mon Dieu! que dites-vous là !...

Constantin.

Est-il possible?... Bonakof va venir !... Ah! je meurs!... (*Il s'évanouit de nouveau.*)

Casse-Pipes.

Ah!... Bonakof, c'est son père !

FIN DU DEUXIÈME ACTE.

TROISIÈME ACTE.

SCÈNE PREMIÈRE.

Le docteur Grados. M. Du Bosquet. Casse-Pipes. Les Enfants.

GRADOS.

Monsieur, j'ai l'honneur de vous offrir les talents du célèbre Grados, chirurgien-docteur bréveté de tous les souverains de l'Europe pour les cures merveilleuses qu'il a opérées.

CASSE-PIPES, *à part.*

Sommes-nous sur la place publique?

M. DU BOSQUET.

Point tant de préambule, Monsieur, voilà un enfant qui vient de tomber d'un arbre sur l'épaule gauche et qui en a eu deux évanouissements!

GRADOS, *palpant l'épaule et le bras.*

Voyons, mon ami, remuez le bras de cette façon! (*Il fait des mouvements.*)

CONSTANTIN, *soulevant le bras.*

Monsieur, je ne puis! je souffre trop!

GRADOS.

Est-ce ici que la douleur vous tient? (*Il lui prend le coude*).

CONSTANTIN.

Un peu, Monsieur, mais la grande douleur est plus haut.

GRADOS, *avec emphase.*

C'est donc l'épaule qui est atteinte. Messieurs, je dois vous dire que l'épaule est composée de deux pièces, l'une antérieure, appelée omoplate, dans laquelle vient s'emboîter l'os du bras; et l'autre postérieure, dite clavicule, qui est large et qui sert à protéger les mouvements du haut du bras jouant sur l'omoplate.

CASSE-PIPES.

Il parle anatomie et chirurgie comme un boucher!

M. Du Bosquet.

C'est le contraire de ce que vous dites qui est la vérité; mais nous n'avons pas à faire un cours d'anatomie; nous demandons de vous que, tout de suite, vous fassiez ce qui est nécessaire pour alléger la douleur de cet enfant et hâter sa guérison.

Grados.

C'est ce que je veux, monsieur. Je disais donc que l'omoplate est une clef sur laquelle le bras opère ses mouvements de rotation à l'aide du système nerveux par lequel il est retenu, fixé dans la boîte formée par les os de l'épaule.

M. Du Bosquet.

Que dites-vous donc, Monsieur! C'est la clavicule qui est une sorte de clé; le mot l'indique suffisamment!... Et puis, que parlez-vous du système nerveux qui retient le bras dans la boite de l'épaule? Vous avez bu copieusement du vin, sans doute!

Grados.

Moi, monsieur, je suis la sobriété même! Mais si vous apercevez que de temps en temps je prends un mot pour l'autre, ne faites pas attention; il n'en est pas de même dans la pratique, et là, je ne me trompe jamais; c'est ce qui m'a valu l'honneur de donner les secours de mon art à toutes les notabilités de Paris qui se sont vues, pour mon bonheur, dans la malheureuse nécessité de m'appeler pour remettre, redresser, panser, remboîter leurs membres ou leurs corps rompus, démis, détendus, blessés ou brûlés!

Casse-Pipes.

Dire que je ne lui peux pas casser la pipe!

M. Du Bosquet.

Que s'agit-il de faire pour le cas présent?

Grados.

Je palpe l'épaule.

Constantin.

Ouf!...

Grados.

Ah! c'est là que vous souffrez! bien, mon garçon; donnez-moi la main. (*Il la tire avec force*).

Constantin.

Aïe! aïe! aïe! Mais c'est que vous faites mal!

GRADOS.

Il faut toujours passer par la souffrance pour arriver à la guérison. Socrate n'aurait pas dit mieux !

M. DU BOSQUET.

C'est Hyppocrate que vous voulez dire !

GRADOS.

Hyppocrate ou Socrate ! l'un vaut l'autre.

CONSTANTIN.

Y a-t-il quelque chose de cassé dans mon épaule ?

GRADOS.

Oui, mon enfant, l'omoplate ou la clavicule est cassée. Je vais achever de vous remettre la chose; procurez-moi des bandages, s'il vous plaît.

CASSE-PIPES.

Je lui donnerais cent fois plus volontiers ma canne sur les épaules pour lui rompre l'omoplate ou la clavicule.

M. DU BOSQUET.

M. le docteur, je ne vous donnerai rien : vos tergiversations ne m'inspirent aucune confiance, vous ne savez ce que vous dites ! Vous avez apparemment bu plus que Socrate et Hyppocrate ne le permettaient à leurs disciples. Retirez-vous, je ferai venir un autre chirurgien.

GRADOS.

Un autre docteur ! quel affront ! Et mes honoraires ! Vous m'avez fait appeler !

M. DU BOSQUET.

J'ai demandé un docteur-chirurgien, je n'ai trouvé en vous qu'un docteur charlatan ; je n'ai rien à vous solder ! Sortez, sinon il ira mal pour vous !

GRADOS.

Monsieur, je vous appellerai devant les tribunaux pour m'indemniser du dommage que vous causez à ma réputation et à mon honneur jusqu'à ce jour brillant comme le soleil !

CASSE-PIPES.

Ah ! mon cher petit Constantin, que je te plains ! Sois sûr que je souffre pour toi !

M. Du Bosquet.

Monsieur, sortez, et attaquez-moi, si vous l'osez !

Grados.

J'oserai, monsieur, et je cours à l'instant déposer ma plainte.

M. Du Bosquet.

Comment ! N'êtes-vous pas encore parti !... Quel homme insupportable ! (*Grados fait une fausse sortie suivi de M. Du Bosquet, et quand celui-ci rentre sur la scène, le docteur y reparaît derrière lui*).

Rigobert.

Eh ! bon zouave, crois-tu que Constantin ait vraiment l'épaule rompue ?

Casse-Pipes.

Il faut bien le croire, le pauvre petit souffre tant !..

Rigobert.

Ah ! quel malheur !... Je voudrais pour tout au monde que cela ne fût pas arrivé !... Et vous dites que Constantin est le fils de monsieur Bonakof?...

Casse-Pipes.

J'ai cent raisons de le croire.

Rigobert.

Que je suis malheureux !...

Grados, *revenant.*

Au moins, monsieur, donnez-moi vingt sous pour ma peine !...

M. Du Bosquet, *se retournant vivement.*

C'est encore vous !...

Grados.

Monsieur, rien que vingt sous.

M. Du Bosquet.

Je vous donnerai volontiers vingt coups !... Tenez, voilà ! Partez ; ne m'ennuyez plus.

Grados.

Grand merci.

M. Du Bosquet.

Misérable bossu ! (*Il le suit*).

SCÈNE II.

Casse-Pipes. Rigobert. Les autres enfants.

RIGOBERT.

Oh ! si ce monsieur Grados avait du moins pu soulager notre cher Constantin, le fils de notre bienfaiteur, de celui qui a sauvé la vie à mon père et qui me l'a sauvée à moi-même !..

CASSE-PIPES.

C'est donc toi qu'on nomme Rigobert !...

RIGOBERT.

Oui, c'est moi ! Oh ! je voudrais pour mes deux épaules n'avoir pas blessé le bon petit Constantin !.. C'est lui que j'aime le plus au monde depuis que son père m'a sauvé la vie ! (*Il l'embrasse*). Et c'est précisément lui que ma méchanceté a fait tomber de l'arbre !... (*Se donnant un coup de poing sur la poitrine*). Je suis un petit brigand !

CASSE-PIPES, *avec une colère concentrée.*

Ecoute ici près de moi ! Je ne te vois pas, je suis aveugle, mais je veux sentir comment est faite la figure d'un méchant ! Il me semble qu'un visage pareil doit avoir de la ressemblance avec la figure du tigre.

RIGOBERT.

Mais je ne suis pas autrement que les autres enfants ! Palpez ma figure !...

CASSE-PIPES, *le palpant.*

Ah ! voyons vos oreilles !... C'est cela, je les tiens ! Si tu as le malheur de crier, prends garde à toi, je pincerai encore cent fois plus fort !...

RIGOBERT.

Ouf ! aïe ! aïe ! aïe !...

CASSE-PIPES.

Si tu cries, prends garde !... Ah ! tu es un méchant !... Ah ! c'est toi qui fais du mal à tout le monde et qui as failli tuer mon petit Constantin !... Si j'avais à conduire, ou plutôt pour me conduire, un enfant semblable à toi, voilà comment je le traiterais chaque fois qu'il aurait fait de la peine, n'importe à qui !...

RIGOBERT.

Oh ! je n'en ferai plus jamais à personne.

SCÈNE III.

M. Du Bosquet. Casse-Pipes. Rigobert. Les enfants.

M. Du Bosquet, *qui a vu la scène en rentrant.*

Nous prendrons nos mesures pour cela, et je sais maintenant ce que je dois faire pour atteindre mon but.

Polyphile, *qui va et vient, s'approche du groupe et dit tout bas.*

Je crois que Constantin vient de tomber dans une nouvelle défaillance !...

Casse-Pipes.

Serait-il vrai?... Quel malheur!...

M. Du Bosquet, *s'approchant de Constantin.*

Non, non! il est endormi! la chaleur du manteau dont nous l'avons enveloppé et le repos forcé dans lequel il se trouve l'ont assoupi!... Il faut croire que le mal n'est pas aussi grand que nous l'avions craint.

Polyphile.

Eloignons-nous un peu et parlons bas pour ne pas troubler son sommeil !

Rigobert, *à genoux.*

O mon Dieu, faites que Constantin ne soit pas malheureux par ma faute! Je vous promets que je ne serai plus jamais méchant!...

M. Du Bosquet.

Tu l'as promis tant de fois en vain !...

Rigobert.

Oui, c'est vrai, mais cette fois, j'ai failli tuer le fils du libérateur de mon père et de mon sauveur!... Comment oublier une faute pareille !... Pardon !... Pardon !...

M. Du Bosquet.

Nous verrons si monsieur Bonakof te pardonne et si tu acceptes nos conditions !

Rigobert.

J'en passerai par tout ce que vous voudrez !...

SCÈNE IV.

Les mêmes. Gaston.

GASTON.

J'ai couru chercher un autre docteur; le plus prompt ne pourra se rendre ici que dans une heure; tous les médecins et les chirurgiens sont en course; on dirait qu'il n'y a que des malades et des blessés !...

CASSE-PIPES.

Il n'y a que les docteurs de la force de Grados pour se trouver chez eux inoccupés dans le temps du choléra.

M. DU BOSQUET.

Qui croirait que l'on trouve dans Paris de semblables Sganarelles!

CASSE-PIPES.

On trouve tout, monsieur, dans Paris, ce qu'il y a de meilleur et ce qu'il y a de pire !... C'est la capitale du monde civilisé, mais on a beau dire, c'est aussi le rendez-vous des fripons, des blagueurs, des charlatans et des plus grands imbéciles du monde ! J'en trouve sur ma route vingt tous les jours à qui je voudrais casser la pipe.

M. DU BOSQUET.

Voici Bonakof... Comment lui expliquer le malheur qui est arrivé ?

CASSE-PIPES.

Laissez-moi parler.

RIGOBERT.

Je vais me jeter à ses pieds et le supplier de me pardonner mon crime.

CASSE-PIPES.

Gardez-vous-en bien ! Cachez-vous plutôt jusqu'à ce qu'on vous appelle.

RIGOBERT.

Oh ! je ne saurais m'empêcher de me jeter à ses pieds, j'y cours !

M. DU BOSQUET.

Gardez-vous-en bien, et faites ce qu'on vous dit !

RIGOBERT.

J'obéis à regret.

(Rigobert se cache dans les arbres; en même temps, les enfants font cercle en silence autour de Constantin, pour que Bonakof ne l'aperçoive pas d'abord.)

SCÈNE V.

Bonakof. M. Du Bosquet. Casse-Pipes.

M. Du Bosquet, *allant au-devant de Bonakof.*

Eh bien ! mon cher ami, que dites-vous de Paris?

BONAKOF.

Oh ! c'est bien beau ! bien grand ! bien faste ! bien merfeilleux !... Mais je afais pas regardé beaucoup les curiosités ! Je pensais toujours à mon fils qu'il était si près de moi et que je poufais pas embrasser tout de suite.

M. Du Bosquet.

Je vous présente un zouave aveugle qui connaît votre petit Constantin et qui vous en dira des nouvelles.

BONAKOF.

Lui ! ô brafe zouafe ! que je vous embrasse !.. Fous connaissez donc mon petit Constantin, mon fils bien-aimé, celui qui fait toute mon espérance ?

CASSE-PIPES.

Si je le connais !... C'est lui qui me sert ordinairement de guide !... Il est d'une gentillesse, d'un cœur dévoué, d'une intelligence merveilleuse !

BONAKOF.

Fous faites son portrait féritable ? Où est-il ? Ne fous conduit-il pas aujourd'hui ?

CASSE-PIPES.

Pour le moment, non, par malheur !

BONAKOF.

Pourquoi donc ?

CASSE-PIPES.

Il est blessé !...

Bonakof, *douloureusement étonné.*

Blessé ! que lui est-il surfenu?

CASSE-PIPES.

Il a tombé d'un arbre sur l'épaule !

BONAKOF.

Et il a l'épaule cassée.

M. DU BOSQUET.

Nous n'en savons rien encore ! On a fait appeler un chirurgien qui n'entend rien du tout à l'art qu'il veut professer et qui nous a laissés dans l'ignorance de la véritable situation de Constantin.

BONAKOF.

Et fous n'afez pas appelé tout de suite un autre, M. le zouafe?

CASSE-PIPES.

Pardon, nous en attendons à toute minute un nouveau.

BONAKOF.

Mais Constantin est donc afec fous dans ce lieu même?

CASSE-PIPES.

Oui, monsieur.

BONAKOF.

Conduisez-moi donc tout de suite dans ses bras !

M. DU BOSQUET.

Il dort !

BONAKOF.

Mais s'il dort, il afait pas l'épaule cassée !

CONSTANTIN.

Je ne dors plus !

BONAKOF.

Ah ! grand Saint-Nicolas ! foilà mon fils !

CONSTANTIN.

Mon père ! (*Ils s'embrassent.*) Ouf ! mon cher père, je suis blessé à l'épaule.

BONAKOF.

Ah ! c'est frai ! foyons tout de suite ce qu'il y a ! Ma joie est toute pleine de douleur ! (*Il palpe l'épaule.*) Ce n'est rien; une contusion ! une simple contusion ! quelques sangsues feront l'affaire ! Quel bonheur !

CASSE-PIPES.

O que je suis joyeux d'apprendre cette nouvelle ! je n'avais pas plus de plaisir à Malakof !

SCÈNE VI.

Bonakof. Casse-Pipes. M. Du Bosquet *qui amène Rigobert. Les enfants se rangent en cercle derrière le fauteuil.*

M. Du Bosquet.

Mon cher monsieur Bonakof, voilà le méchant espiègle qui a failli tuer votre fils pour vous récompenser de lui avoir sauvé la vie!..

Bonakof.

Fous l'avez bien nommé! C'est un méchant espiègle... Tantôt il chetait des pierres à ce garçon boucher qui a lancé contre lui son gros Terre-neuve.

Rigobert.

Pardon, monsieur Bonakof! Je donnerais maintenant ma vie pour ne pas avoir blessé Constantin!... C'est vous que j'aime le plus au monde, et c'est dans votre cœur que j'ai lancé le fer aigu de ma méchanceté!...

Bonakof.

Ah! je suis trop heureux pour ne point pardonner à ton repentir sincère!... Fiens dans mes bras au lieu de rester à mes pieds?...

M. Du Bosquet.

Si votre bonté, si votre bonheur vous permettent de lui pardonner, mon cher monsieur Bonakof, la sagesse me l'interdit! Il faut que j'inflige une punition qui soit longtemps pour mon fils un souvenir de sa faute et un rappel à la bonté!... Le zouave Casse-Pipes a besoin d'un conducteur pour remplacer Constantin, j'ordonne à Rigobert de servir de guide à l'aveugle!...

Casse-Pipes.

Comme je sais, moi, qu'il faut faire aux méchants une guerre continuelle, gare à ses oreilles!

M. Du Bosquet.

Je vous conseille de ne pas les épargner!.

Casse-Pipes.

Il connaît ma façon de penser sur ce sujet! Qu'il ne soit jamais méchant, car je recommencerai à lui faire chanter la complainte du chat qui miaule.

Rigobert.

Oh! je ne le serai plus jamais!...

POLYPHILE.

Tant mieux, mon frère, nous serons tous heureux !

M. DU BOSQUET.

Que le Ciel en soit loué !

SCÈNE DERNIÈRE.

Les mêmes. Angelo. José.

ANGELO.

J'apprends en arrivant que Rigobert est en voie de guérison et que le conducteur de Casse-Pipes a retrouvé son père ! Tout est pour le mieux !

JOSÉ.

Le gala des enfants est servi dans le jardin et le dîner de ces messieurs dans le salon.

M. DU BOSQUET.

Puisque les circonstances sont si heureuses, nous ne ferons qu'un festin pour tout le monde.

CHŒUR.

AIR : *Ma bonne mère, je t'en prie !*
Voir l'*Abeille*, N° 1-1858.

I.

Un grand bonheur, un vrai délice,
De ce bouquet sera la fleur :
Rigobert se rendant justice,
Veut transformer son méchant cœur :
Par ce sublime et saint ouvrage,
Que son passé soit racheté.
Le soleil brille après l'orage, } *bis.*
La joie après l'adversité. }

II.

Rigobert sent vive tendresse
Pour Bonakof et Constantin;
Noble amitié dans la jeunesse
Eclairera tout son destin.

Il acquerra pour apanage
La douceur, l'amabilité :
Le soleil brille après l'orage, } *bis.*
La joie après l'adversité.

III.

O Rigobert, ô Polyphile !
Bonakof est un noble cœur ;
Trois fois il paie un jour d'asile,
Trois fois il est votre sauveur.
A sa vertu pour rendre hommage,
Rigobert aura sa bonté.
Le soleil brille après l'orage, } *bis.*
La joie après l'adversité.

FIN.

Typ. de H. Casterman.

69

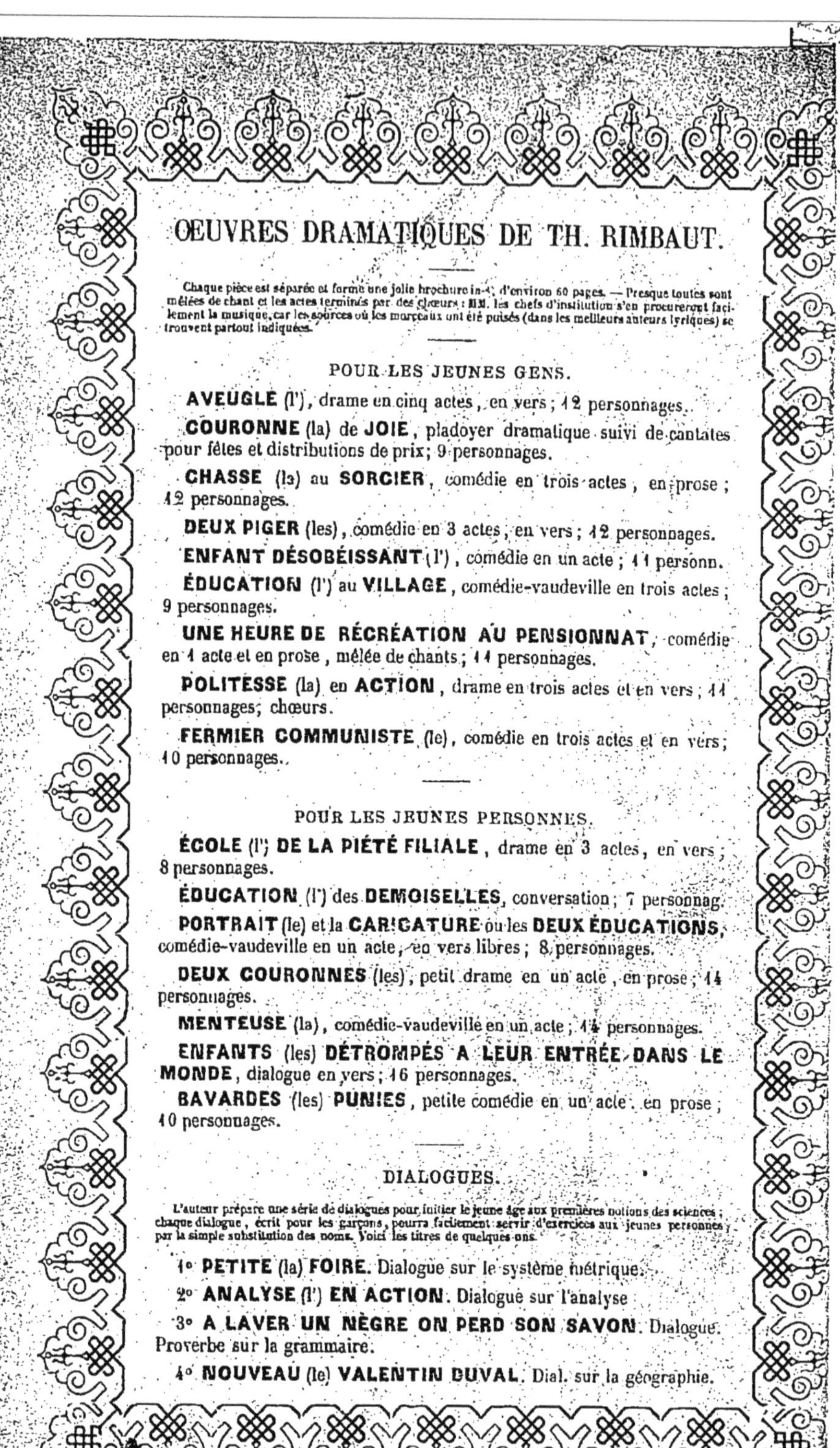

ŒUVRES DRAMATIQUES DE TH. RIMBAUT.

Chaque pièce est séparée et forme une jolie brochure in-4, d'environ 60 pages. — Presque toutes sont mêlées de chant et les actes terminés par des chœurs : MM. les chefs d'institution s'en procureront facilement la musique, car les sources où les morceaux ont été puisés (dans les meilleurs auteurs lyriques) se trouvent partout indiquées.

POUR LES JEUNES GENS.

AVEUGLE (l'), drame en cinq actes, en vers; 12 personnages.

COURONNE (la) de **JOIE**, plaidoyer dramatique suivi de cantates pour fêtes et distributions de prix; 9 personnages.

CHASSE (la) au **SORCIER**, comédie en trois actes, en prose; 12 personnages.

DEUX PIGER (les), comédie en 3 actes, en vers; 12 personnages.

ENFANT DÉSOBÉISSANT (l'), comédie en un acte; 11 personn.

ÉDUCATION (l') au **VILLAGE**, comédie-vaudeville en trois actes; 9 personnages.

UNE HEURE DE RÉCRÉATION AU PENSIONNAT, comédie en 1 acte et en prose, mêlée de chants; 11 personnages.

POLITESSE (la) en **ACTION**, drame en trois actes et en vers; 11 personnages; chœurs.

FERMIER COMMUNISTE (le), comédie en trois actes et en vers; 10 personnages.

POUR LES JEUNES PERSONNES.

ÉCOLE (l') **DE LA PIÉTÉ FILIALE**, drame en 3 actes, en vers; 8 personnages.

ÉDUCATION (l') des **DEMOISELLES**, conversation; 7 personnag.

PORTRAIT (le) et la **CARICATURE** ou les **DEUX ÉDUCATIONS**, comédie-vaudeville en un acte, en vers libres; 8 personnages.

DEUX COURONNES (les), petit drame en un acte, en prose; 14 personnages.

MENTEUSE (la), comédie-vaudeville en un acte; 14 personnages.

ENFANTS (les) **DÉTROMPÉS A LEUR ENTRÉE DANS LE MONDE**, dialogue en vers; 16 personnages.

BAVARDES (les) **PUNIES**, petite comédie en un acte, en prose; 10 personnages.

DIALOGUES.

L'auteur prépare une série de dialogues pour initier le jeune âge aux premières notions des sciences; chaque dialogue, écrit pour les garçons, pourra facilement servir d'exercices aux jeunes personnes, par la simple substitution des noms. Voici les titres de quelques-uns.

1° **PETITE** (la) **FOIRE**. Dialogue sur le système métrique.

2° **ANALYSE** (l') **EN ACTION**. Dialogue sur l'analyse

3° **A LAVER UN NÈGRE ON PERD SON SAVON**. Dialogue. Proverbe sur la grammaire.

4° **NOUVEAU** (le) **VALENTIN DUVAL**. Dial. sur la géographie.

www.ingramcontent.com/pod-product-compliance
Ingram Content Group UK Ltd.
Pitfield, Milton Keynes, MK11 3LW, UK
UKHW021130230726
13926UKWH00002B/711

9 782014 439526